Tu lugar seguro

Elsa Tablac

Published by Elsa Tablac, 2024.

TU LUGAR SEGURO
¿Trabajo o placer?
Primera edición: Noviembre 2024
Copyright © Elsa Tablac, 2024

Todos los derechos reservados. Quedan prohibidos, sin la autorización escrita del titular del copyright, la reproducción total o parcial de esta obra por cualquier medio o procedimiento, ya sea electrónico o mecánico, el tratamiento informático, el alquiler o cualquier otra forma de cesión de la obra. Si necesita reproducir algún fragmento de esta obra, póngase en contacto con la autora.

Tu lugar seguro
¿Trabajo o placer?
Elsa Tablac

CAPÍTULO 1

E DITH
El albergue estaba más acogedor que nunca. Las paredes de madera relucían después de la última mano de barniz, el fuego crepitaba en la chimenea y, fuera, la primera capa de nieve de la temporada había cubierto las montañas como una manta esponjosa y brillante.

Me sentía... bueno, me sentía bastante profesional, la verdad. Y también un poco nerviosa. Había sido una semana de preparativos intensos: la primera vez que un CEO y su equipo entero reservaban nuestro albergue. Ni más ni menos que diez personas. Bueno, diez personas y su exigente jefe, de quien Martha ya me había contado todo un reguero de rumores y leyendas empresariales.

—¿Estás lista? —Martha, cocinera y mi mano derecha en esta santa casa, me miraba con una sonrisa que no era nada tranquilizadora.

Llevaba una de esas bufandas de lana gigantescas que le envolvían el cuello al menos tres veces. Parecía una guerrera invernal.

—Creo que sí. Al menos, hasta que vea al jefe en persona. ¿De verdad has leído tantas historias sobre él? —pregunté, algo nerviosa.

—Edith, querida, te hablo del CEO Riggs Daniels. Ese hombre es una leyenda urbana con patas en el mundo corporativo. Nunca se toma vacaciones, y esta es la primera vez en años que accede a un retiro, y eso que no son vacaciones, sino que viene aquí con sus empleados. Dicen que es frío como el hielo... ¡y guapo como el pecado! —Martha soltó una risa dramática.

—¿Guapo? —intenté no sonar demasiado interesada—. Bueno, qué miedo, ¿no?

—A mí me parece interesante. Eso sí, intenta no derramarle café encima o tropezar con sus maletas.

Bufé, aunque con una sonrisa. Sabía que Martha me conocía demasiado bien. Mi torpeza era legendaria, pero había sobrevivido al primer mes sin incidentes graves... bueno, salvo aquel pequeño accidente con el pastel de cumpleaños de los monitores de esquí.

—Martha, no tienes que recordarme que soy la reina de los tropiezos. Lo sé, ¿vale? Lo llevo en la sangre.

Mi ayudante se rio y me dio unas palmaditas en el hombro.

—Solo mantente alejada de los vasos de agua cuando el tal Riggs esté cerca. Y de las escaleras. Y de cualquier cosa que pueda caerse.

—Genial, o sea, de todo el albergue —dije con sarcasmo, pero en el fondo me preocupaba un poco.

Esta era mi gran oportunidad para que el albergue se hiciera famoso en círculos más... de élite. Si Riggs Daniels y su equipo quedaban contentos, quizá hasta podría permitirme reemplazar esa vieja caldera que rugía como un oso cuando el agua llegaba al segundo piso. Y a lo mejor hasta podría convencerlos para que dejasen alguna que otra reseña positiva en Internet.

Justo entonces, el sonido de un motor se hizo cada vez más potente hasta que el primer SUV negro apareció en la entrada, seguido de otros dos.

—Es ahora o nunca, Edith —me susurró Martha—. Y, por lo que más quieras, sonríe. Que no es un funeral.

Respiré hondo y me planté en la entrada del albergue, sacudiendo un poco mis mitones para parecer menos nerviosa. Cuando se abrió la puerta del primer coche, pensé que era uno de esos anuncios de ropa de invierno. En serio, aquel grupo salió de sus vehículos de lo más coordinado, con abrigos elegantes, botas de montaña y bufandas impecablemente envueltas al cuello.

Entonces, lo vi. Riggs Daniels. Alto, hombros anchos, mandíbula cincelada. Y, bueno, sí... *guapo como el pecado,* como dijo Martha. Aún desde la distancia, su presencia era imponente y, en cuanto bajó del coche, se tomó un segundo para inspeccionar el albergue, como si estuviera evaluando un proyecto de inversión. No pude evitar una pequeña risa nerviosa, que disimulé con una tos.

—Bienvenidos al Albergue Winter Pines, soy Edith, la propietaria —anuncié con mi tono más profesional mientras el grupo se acercaba. Miré a Martha, que me hacía gestos desesperados para que no me trabara—. Espero que todos disfrutéis de vuestra estancia aquí. Tenemos un sinfín de actividades planeadas y...

—¿Es cierto que estamos completamente incomunicados? —preguntó una mujer del grupo, cruzándose de brazos con desconfianza. La reconocí enseguida por los correos previos: era Leila, la asistente personal de Riggs. Era con quien habíamos tratado durante el proceso de reserva.

—Ah, sí... bueno, más o menos —me aclaré la garganta—. La cobertura es un poco... de aquella manera aquí arriba, pero tenemos Wi-Fi en el salón principal. A veces funciona, a veces no. Es parte del encanto.

Un par de personas resoplaron, pero Riggs alzó una ceja y dio un paso al frente.

—Supongo que se trata de desconectar, ¿no? Para eso venimos aquí —dijo Riggs, mirándome directamente a los ojos por primera vez.

Sentí un escalofrío que no tenía nada que ver con el frío.

—Exacto —intenté devolverle la mirada sin parecer demasiado impresionada, aunque mi sonrisa traicionera se asomaba en los bordes de mi boca—. Aquí en Winter Pines nos tomamos el descanso muy en serio.

—Espero que también se tomen en serio la calefacción —dijo un chico rubio del grupo, mirando a Martha.

—La calefacción es el único sonido de fondo que siempre está garantizado aquí —respondió Martha con una sonrisa.

Fue un comentario simple, pero casi me hizo reír. Porque era cierto, el rugido de nuestra caldera era una especie de banda sonora invernal que nos acompañaba siempre. Estábamos tan acostumbradas que ya ni lo oíamos.

Les di a todos unas instrucciones básicas y empezaron a coger sus maletas. Me acerqué para ofrecer ayuda porque eso exactamente, ofrecer ayuda, es lo mío.

—Te puedo echar una mano con eso, si quieres ——le dije a Riggs, que llevaba una maleta de aspecto pesado.

Soltó una risita.

—Gracias, creo que lo tengo controlado —me respondió en un tono que no sabría definir entre educado y distante.

—Por supuesto —respondí, dándome la vuelta rápidamente, solo para chocar de lleno contra una maleta que alguien había dejado en el suelo.

—¡Ay! —exclamé, perdiendo el equilibrio y cayendo de rodillas sobre la nieve.

Un par de risitas ahogadas se escucharon en el grupo, y yo solo pude sentir cómo mi cara se ponía roja como un tomate. Martha corrió a ayudarme a levantarme, tratando de no reírse también.

—Bueno, ya veis... Edith siempre se toma en serio esa parte de haceros sentir como en casa —bromeó Martha, y eso desató unas cuantas risas más.

Riggs extendió la mano hacia mí para ayudarme a levantarme, y cuando nuestros ojos se encontraron, sentí otro de esos escalofríos. Su expresión era... casi relajada, aunque apenas se notaba.

—¿Estás bien? —me preguntó con una leve sonrisa.

—Perfectamente —me sacudí la nieve de los pantalones y le sonreí con tanta dignidad como pude—. Esto es lo que llamo un servicio completo.

El grupo entró en el albergue, y yo suspiré aliviada al quedarme sola con Martha un segundo.

—¿Ves? No derramé el café... solo mi dignidad —murmuré.

Martha soltó una carcajada y me apretó un poco el brazo.

—Oh, Edith. Me parece que este va a ser un retiro inolvidable.

CAPÍTULO 2

RIGGS

No sabía exactamente qué esperaba al llegar a Winter Pines, pero seguro que no era esto. No era Edith.

Desde el momento en que mi asistente, Leila, me insistió en que necesitaba "un verdadero descanso", supe que me esperaba algún tipo de experimento para intentar humanizarme.

Riggs, es solo un retiro de unos días, dijo Leila, como si fuera sencillo despegarme del teléfono y del mundo real por más de unas horas.

Al final, acepté más por agotamiento que por convicción. Si esto ayudaba a evitar otra pequeña rebelión de Leila y el equipo, entonces merecía la pena intentarlo.

Pero luego aparecimos aquí, entre estas montañas, y vi a esa chica morena de mejillas rosadas y sonrisa nerviosa plantada en la entrada, y supe que las cosas iban a ser... distintas.

Guau.

Edith.

Qué mujer.

Y lo más fuerte es que no era nada consciente de su atractivo.

Se presentó ante nosotros con esa sonrisa brillante, como si estuviera saludando a un grupo de viejos amigos, y empezó a hablar a mil por hora sobre el albergue, las actividades que había preparado y lo "encantadoramente limitada" que era la señal de teléfono. Apenas podía seguirle el ritmo, pero había algo en su nerviosa torpeza que la hacía... magnética. Una palabra que no suelo usar.

Cuando intentó ofrecerme ayuda con mi maleta, rechacé amablemente, por supuesto. No solo porque la maleta pesaba como un muerto, sino porque estaba seguro de que si la dejaba cargarla, acabaría en el suelo. Y justo después, un adorable y épico tropiezo. En ese momento me pregunté si no tendríamos que incluir un seguro de accidentes en el precio de la estancia.

Y Leila, por supuesto, parecía encantada con el espectáculo.

—No está mal, ¿verdad? —me susurró con una sonrisa pícara mientras observábamos a Edith recomponerse—. Quizá un lugar como este es justo lo que necesitas.

—Sí, un albergue donde la dueña esté a un resbalón de caer por las escaleras en cualquier momento —respondí, sin poder contener una sonrisa.

Me dio una palmadita en el hombro.

—A lo mejor un poco de caos e improvisación te vienen bien, jefe. Relájate. Mira estas montañas...

Relajarme. Claro. Como si fuera tan fácil. Aún así, al entrar al albergue y ver la chimenea encendida, el ambiente cálido y las pequeñas decoraciones invernales, una parte de mí sintió una calma inesperada. Pero eso desapareció rápido. Soy el CEO de una de las empresas más competitivas en el sector tecnológico. Mi mundo era puntual, exacto. El caos y la improvisación no tenían precisamente sitio en mi agenda.

Sin embargo, ahí estaba Edith, con su sonrisa y su adorable torpeza, como un recordatorio constante de que existían formas distintas de abordar la vida.

Una vez que el equipo se instaló, llevé la maleta a mi habitación. Era modesta, sencilla, pero más que suficiente para unos días de "descanso". No había Wi-Fi en las habitaciones, según Edith, "para fomentar el contacto humano y la desconexión real". Qué conveniente. Pero no pude evitar una sonrisa al recordar su expresión orgullosa al decirlo. Como si hubiera diseñado un sistema de seguridad impenetrable.

Después de dejar mis cosas, salí a la terraza principal para hacer unas llamadas de última hora. Por supuesto, no había señal suficiente, así que me quedé un rato junto a la barandilla, mirando la nieve caer en silencio sobre los árboles.

La montaña parecía inmensa y solemne, y el aire era tan limpio que casi dolía al respirarlo. Una parte de mí, una parte muy pequeña, admitió que quizá esto no estaba tan mal.

—¿Te gusta la vista? —la voz de Edith me sorprendió.

Giré la cabeza y ahí estaba ella, abrazándose a sí misma para protegerse del frío, pero entusiasmada. Parecía bastante joven para ser propietaria de un lugar así. Tenía que reconocer que estaba impresionado.

—Es... diferente a la vista desde mi oficina —admití.

—¿La vista de tu oficina tiene un Starbucks al cruzar la calle? —preguntó con una sonrisa traviesa, y tuve que contener una carcajada.

Me gustaba su sentido del humor, aunque me desconcertaba un poco. La mayoría de la gente no se atrevía a bromear conmigo tan rápidamente.

—Algo así. Más bien una colección de edificios grises y una fila de taxis. Aquí, en cambio... no hay nada.

—¿Nada? —dijo, fingiendo indignación—. Esto no es "nada". Esto es... —extendió un brazo dramáticamente hacia las montañas—... paz, serenidad y el mejor chocolate caliente de las Rockies.

—¿He oído chocolate caliente? Justo eso es lo que hará que desconecte totalmente. Acabas de conquistarme.

Edith soltó una risita y se encogió de hombros.

—Nunca subestimes el poder de un buen chocolate caliente. O el de una buena compañía.

Hubo un silencio entre nosotros, y me sorprendí mirándola, analizando el leve rubor en sus mejillas y esa expresión que parecía atrapada entre la timidez y la seguridad. A pesar de la fachada de CEO distante que procuro mantener, había algo en ella que rompía esa barrera sin esfuerzo. Era... refrescante. Y un poco intimidante.

—¿Puedo sugerir algo? —preguntó Edith, sin perder la sonrisa.

—Adelante.

Sentía curiosidad por saber qué podía ofrecerme que me desconectara más de mi teléfono y de las mil cosas que sucedían en mi negocio en ese preciso momento.

—Una caminata por la montaña, mañana temprano. Es la mejor forma de empezar el día aquí. Martha y yo siempre la hacemos al amanecer.

—Pero... ¿también te tropiezas en la montaña o solo reservas esos accidentes para la recepción? —pregunté con una sonrisa ladeada.

Edith abrió la boca, como si estuviese indignada.

Pero no lo estaba.

Solo estábamos coqueteando.

Los dos.

Era más que evidente.

—¡Oye!¡No siempre soy torpe! Además, la nieve amortigua los golpes. Y en la montaña soy una experta... Bueno, casi.

No pude evitar reír. Sí, este lugar era un caos comparado con la vida que llevaba, y ella era el centro de ese caos, con su mezcla de energía e inocencia. Y, extrañamente, me gustaba. De alguna manera, me recordaba que no todo tenía que ser perfecto y meticulosamente planeado.

—Entonces, ¿qué dices? —preguntó, mirándome expectante.

—Consideraré tu oferta de caminata matutina, Edith. Pero debo advertirte... mis habilidades en la montaña no van más allá de esquiar un poco.

—Eso suena a desafío. No te preocupes, yo me encargo.

—¿De mantenerme alejado del peligro? —bromeé.

Ella me miró, mordiéndose el labio para contener una sonrisa, y respondió:

—Al menos, de manteneros entretenidos y de que tengáis una estancia agradable.

Con esa respuesta, dio media vuelta y se dirigió hacia la puerta, lanzándome una última sonrisa antes de entrar. Me quedé observando cómo desaparecía dentro del albergue, y, por primera vez en mucho tiempo, pensé que quizá podría permitirme disfrutar de unos días en este lugar. Darme una tregua a mí mismo.

De vuelta a la terraza, con la nieve cayendo alrededor, dejé que el silencio se instalara de nuevo. Había algo en el aire que hacía que mis preocupaciones parecieran menos importantes, como si las montañas mismas estuvieran diciéndome que el mundo podía esperar.

Y, por alguna razón, sentí que este retiro podría terminar siendo algo más que una simple desconexión de la oficina.

CAPÍTULO 3

E**DITH**
Ya tenía algo de experiencia con tormentas de nieve, pero esta se veía seria. Muy seria. Las nubes grises empezaban a apelmazarse en el horizonte y el viento comenzaba a silbar, como una firme advertencia. Mientras observaba el cielo, contuve un suspiro y miré a Martha, que estaba ocupada organizando provisiones en la despensa del albergue.

—¿Crees que se intensificará? —le pregunté, tratando de sonar más tranquila de lo que realmente me sentía.

Martha, que tenía más experiencia en este tipo de situaciones que yo porque había vivido más tiempo en la zona de Winter Pines, me lanzó una mirada comprensiva y asintió.

—Probablemente. Pero no te preocupes, tenemos suficientes provisiones y estamos preparadas. Además, he oído que los huéspedes están encantados. Especialmente cierto CEO —dijo, alzando las cejas con una sonrisa insinuante.

Se me escapó una risita tonta.

—No empieces, Martha.

Pero mi corazón ya me traicionaba, porque sí, Riggs me había resultado...interesante. Una bocanada de aire fresco. Especialmente cuando hablamos sobre la posibilidad de salir a caminar. Aunque si había tormenta eso tendría que aplazarse. Sentía que a pesar de ese aire autoritario, en el fondo era un tipo divertido, y eso podría llevarme a una montaña rusa emocional.

Intenté enfocarme en lo que realmente importaba en ese momento: prepararnos para el temporal y asegurarnos de que nuestros huéspedes estuviesen cómodos. Que no cundiese el pánico en ningún momento.

Busqué un par de bolsas de papel y empecé a llenarlas de latas de sopa, galletas y, por supuesto, café. Riggs y su equipo no esperaban quedarse atrapados, pero si las cosas se complicaban, al menos tendríamos café de sobra.

De repente, alguien se aclaró la garganta detrás de mí. Me giré, y ahí estaba Riggs, mirándome con esa expresión de "sé que estás nerviosa aunque no lo admitas".

—¿Quieres que te eche una mano? —preguntó, con una voz calmada que, por alguna razón, hizo que mi ansiedad se rebajara un poco.

—Oh, no, por Dios. ¡No tienes que hacerlo! Es vuestro retiro, después de todo. Leila me recalcó que sería ella quien organizaría las actividades de tu equipo y que tú solo debías relajarte —le respondí, mientras metía un paquete de galletas en la bolsa.

—Eso sería ideal... si tuviera la capacidad de estar sentado sin hacer nada. Pero no puedo —se encogió de hombros y me lanzó una media sonrisa—. Además, tú pareces necesitar ayuda.

Reí, aunque sabía que no estaba bromeando.

—Bueno, si insistes... Puedes empezar llenando estas bolsas.

Le pasé una de las bolsas de papel y vi cómo sus manos firmes la sostenían con facilidad.

Nos pusimos a trabajar en silencio, con Riggs llenando las bolsas y yo haciendo un inventario mental de lo que nos quedaba en la despensa. No pasó mucho tiempo antes de que él rompiera el silencio con una pregunta inesperada, algo personal:

—Este sitio... ¿Llevas mucho tiempo con esto, aquí aislada?

Me detuve por un segundo, sorprendida de que alguien como él estuviera interesado en mi historia. Le sonreí y me apoyé en la encimera, intentando encontrar la manera de explicar lo que Winter Pines significaba para mí.

—Bueno, no exactamente. Es... una herencia de mi padre —hice una pausa, sintiendo un nudo en la garganta—. Falleció hace un par de años, y después de eso decidí que era mi deber continuar con su sueño. Este refugio en las montañas. Pero he tardado bastante en ponerlo en marcha.

Riggs asintió, manteniendo su atención en mí, sin apartar esos ojos serenos que parecían absorber cada palabra.

—Debe haber sido duro. Levantar un lugar así en medio de la nada no suena fácil.

Me reí con un deje de ironía.

—Ni te lo imaginas —levanté una lata de alubias para ilustrar mi punto—. En los primeros meses ningún proveedor quería subir hasta aquí. Vivía prácticamente de estas latas y de café. La apertura oficial fue hace apenas dos meses. Y bueno, a veces me siento como un pato: parezco tranquila en la superficie, pero estoy agitando las patas frenéticamente bajo el agua.

Riggs soltó una carcajada. Fue un sonido grave que reverberó en la pequeña despensa. Sentí una calidez en el pecho. Era la primera vez que escuchaba una risa tan sincera de su parte.

—Bueno, pareces manejarlo bastante bien. Si yo tuviera que hacer todo esto... creo que el albergue habría terminado siendo un almacén de tornillos, no un lugar acogedor como este.

—¿Acogedor, dices? —bromeé, con una sonrisa burlona—. ¿Seguro que estás hablando del mismo sitio? Aún le falta mucho para que esté como quiero que esté.

Riggs asintió, mirándome con una expresión que no pude descifrar del todo.

—Sí. No soy experto en estos temas, pero se nota que este lugar tiene corazón. Se nota que tú le has dado esa... calidez. No sé, desde el minuto uno nos hemos sentido como en casa.

Sentí mis mejillas sonrojándose y, para disimular, volví a concentrarme en las provisiones. Riggs era... encantador de una manera inesperada. Bajo esa fachada de CEO severo, parecía haber alguien que apreciaba los pequeños detalles. Y eso, de alguna manera, me hacía sentir más cómoda.

Continuamos llenando las bolsas en silencio, hasta que mi mano tocó la suya accidentalmente al intentar coger una lata al mismo tiempo. La retiré rápidamente, muy consciente de esa chispa eléctrica corriendo por mis dedos.

—Perdón —murmuré, tratando de ocultar mi nerviosismo. Y mi torpeza.

Él me miró.

—No hay problema. La lata es toda tuya.

Nos reímos.

Así era fácil olvidar que él era un CEO de una gran empresa y yo solo la dueña de un albergue en medio de la nada. En este momento, éramos solo dos personas riéndonos por una lata de alubias.

Pero, sorpresa, la realidad decidió interrumpirnos justo en ese momento. Una ráfaga de viento golpeó las ventanas, y ambos miramos hacia fuera, viendo cómo la nieve caía cada vez con más intensidad. La tormenta había llegado, y supuse que estábamos oficialmente aislados.

—Deben haber cortado ya el acceso por carretera desde el pueblo —anuncié.

Esperé que tal vez se pondría nervioso ante eso. A mucha gente le pasa. Yo ya estaba acostumbrada a los contratiempos de las tormentas, pero pensé que alguien de la ciudad podría dejarse dominar por el pánico. Parecía que no era el caso de Riggs.

—Entonces supongo que tenemos todo el tiempo del mundo para seguir organizando latas y reírnos de nuestra torpeza.

Quizá no todo estaba bajo control, pero, por alguna razón, su presencia me hacía sentir que todo iría bien. Aunque las provisiones estaban listas, y la tormenta no parecía amainar, no me sentía tan sola.

Riggs se acercó a la ventana y observó el paisaje.

—No recuerdo la última vez que me sentí tan... desconectado del mundo.

—¿Eso es bueno o malo?

Me acerqué a su lado para contemplar el manto de nieve. Definitivamente, nuestra caminata por el bosque iba a tener que esperar un poco.

—Todavía no lo sé.

Y ahí estábamos, en medio de una tormenta de nieve, con toda la incertidumbre que eso traía, pero juntos. Aislados, sin poder volver a la normalidad, en una burbuja que parecía haber surgido de la nada. Me quedé mirando su perfil, preguntándome cómo un hombre como él podía encontrar algo que le gustara en un lugar como este... y en una chica como yo.

Justo cuando pensé que el silencio se volvería incómodo, Riggs se giró hacia mí y dejó caer una mirada que hizo que mi estómago diera un vuelco.

—Así que, ¿qué hacemos ahora, jefa? ¿Alguna sugerencia para sobrevivir al encierro?

Sacudía la cabeza.

—Lo que yo hago siempre es, una vez todo está bajo control aquí dentro, tomar un café y esperar a que la tormenta pase. Afortunadamente, tenemos bastante. O, si quieres, podemos seguir organizando la despensa.

—Mejor el café.

En el fondo esa tormenta era mi oportunidad de oro para conocer a aquel hombre inesperado. Y mientras nos sentábamos en uno de los bancos de madera bajo la ventana, en el salón principal del albergue, no pude desprenderme de la sensación de que Riggs tenía algo en la ciudad que lo ataba a ella irremediablemente.

CAPÍTULO 4

RIGGS

La ventisca golpeaba con fuerza las ventanas del albergue, haciendo que toda la madera crujiera y se quejara como si estuviera viva. Fuera, la nieve caía tan intensamente que era difícil distinguir los límites del bosque que rodeaba la propiedad.

En el salón principal, las risas y las voces de mi equipo se mezclaban con el crepitar del fuego en la chimenea. La tormenta, en lugar de intimidarlos, parecía haberlos unido más. Incluso Leila se había soltado lo suficiente como para unirse a una partida de cartas improvisada.

Yo, en cambio, no me sentía parte de todo aquello. No era novedad. Siempre había estado algo apartado, manteniendo una distancia profesional que rara vez rompía. Además, sentía que mi presencia los cohibía un poco. Pero esta vez no era por eso. Había algo —o mejor dicho, alguien— que ocupaba todos mis pensamientos desde que había llegado.

Edith, claro.

Desde que llegamos al albergue, no había dejado de buscarla inconscientemente. Una y otra vez, mis ojos terminaban clavándose en ella, como si mi mente tuviera un radar específico para localizarla.

Y cuando la encontraba, era imposible no quedarme mirándola. Había algo en su manera de moverse —desordenada pero llena de vida— que me fascinaba. Era como un torbellino de energía que iluminaba cada rincón del albergue, a pesar de la tormenta que rugía fuera.

En ese momento, la vi pasar cerca del salón, cargando un par de mantas. Sin pensarlo mucho, me levanté de mi sitio junto a la chimenea y la seguí, dejando atrás el bullicio. Ella no me vio al principio, demasiado concentrada en equilibrar las mantas, mientras murmuraba algo para sí misma.

Era de las que hablaba sola.

Fenomenal.

—¿Planeas acampar en el pasillo? —le pregunté, intentando no sobresaltarla.

Edith giró la cabeza tan rápido que casi dejó caer las mantas.

—¡Oh! No, claro que no. Solo estaba... asegurándome de que haya suficientes mantas en las habitaciones, por si alguien pasa frío esta noche.

El fuego de las dos chimeneas que había en el albergue le otorgaba otra vez ese precioso rubor en las mejillas.

—¿Te ayudo? —me ofrecí, aunque no parecía que necesitara mucha ayuda con dos mantas.

Me miró un instante, como si estuviera sopesando si aceptar mi oferta o no. Finalmente, me pasó una de ellas y sonrió.

—Si insistes, adelante. Pero no creas que esto te da derecho a esquivar a tu equipo el resto de la noche.

Me encogí de hombros.

—¡Pero si se lo pasan genial sin mí! Además, no soy precisamente el alma de la fiesta.

Edith se rio.

—Sí, lo he notado. Tienes ese aire de magnate serio que intimida un poco. Pero no te preocupes, aquí no necesitas ser el jefe. Solo un huésped más.

Esa idea me hizo gracia. Lo de un "huésped más" no era una postura en la que yo me viera, pero con Edith cerca empezaba a tener cierto atractivo.

La seguí hasta la pequeña sala de suministros, donde dejó las mantas en un estante. La tormenta arreciaba afuera, y el ruido del viento se hacía cada vez más fuerte. Por alguna razón, sentí que ese pequeño espacio, con ella a mi lado, era el mejor sitio en el que había estado en mucho tiempo. Nada que envidiarle a un cinco estrellas.

—Estoy muy cómodo aquí —le confesé—. Este sitio, quiero decir. Es acogedor, cálido. Pero me sorprende que nos haya sido tan fácil reservarlo solo para nosotros. Que no esté lleno de gente. Parece que debería tener lista de espera.

Edith suspiró, y por un momento, vi una sombra de preocupación en su rostro.

—Bueno, no es tan fácil como parece. Soy buena con los huéspedes, pero no tanto con la parte de los negocios. La verdad, he tenido problemas para atraer clientes. El marketing no es mi fuerte, y coordinar con proveedores... bueno, digamos que no es mi actividad favorita.

Podía imaginarla lidiando con contratos y presupuestos, probablemente olvidándose de fechas límite mientras intentaba asegurarse de que todos en el albergue estuvieran a gusto y felices. Estaba claro que no había nacido para ser una empresaria fría y calculadora, pero su calidez y su encanto natural eran innegables, así que le iría bien seguro.

—¿Estás haciendo algo en Internet? No sé, redes sociales, por ejemplo. Y si me permites una sugerencia, a lo mejor deberías pensar en asociarte con alguna empresa turística o de actividades locales, para atraer más gente.

Las palabras salieron de mi boca antes de que pudiera detenerme.

—Gracias, Riggs. Pensaré en ello. Las redes están, pero me falta tiempo para actualizarlas. Tenemos pocas manos, y ahora mismo no puedo permitirme contratar a nadie más. Hacemos todo entre Martha y yo.

Parecía todo muy fácil desde mi perspectiva, pero al verla asentir lentamente, me di cuenta de que estaba siendo un poco invasivo. Edith no me había pedido consejo.

Me callé de golpe, sintiendo un extraño nudo en el estómago. ¿Por qué estaba tan interesado en su negocio? ¿Por qué me importaba tanto que este lugar tuviera éxito? La respuesta era más aterradora de lo que podría reconocer.

Una pequeña parte de mí —una que normalmente ignoraba— empezó a fantasear con la idea de quedarme allí. Con ella. Aislado del mundo, lejos de la presión constante de la ciudad y de mi vida cuidadosamente construida.

Y esa idea me asustó.

Porque sabía que si algo sería capaz de retenerme en Winter Pines, sería precisamente Edith. Y ella no era solo una distracción pasajera. Había algo en esa chica que me hacía querer más, que me hacía considerar cosas que nunca antes habían cruzado por mi mente. Cosas como dejar atrás mi vida de donjuán, mis múltiples relaciones casuales, mi ritmo frenético. Todo eso parecía insignificante cuando pensaba en ella.

Pero esa misma idea me paralizaba. Mi vida en la ciudad estaba diseñada para ser perfecta. Controlada. Y Edith... bueno, ella era todo lo contrario.

Me pregunté por un momento... ¿Ella sería capaz de dejar esto y venir conmigo?

Me estremecí.

Jamás sería capaz de pedirle algo así.

Era demasiado evidente que aquel negocio era su vida, aunque no lo tuviese del todo controlado.

¿Vendrías conmigo, Edith? Y si la respuesta es no, ¿dejarías que me quedase aquí, a tu lado?

Sacudí la cabeza, intentando despejar esos pensamientos. Era ridículo. Ni siquiera conocía a esta mujer. Pero cuando levanté la mirada y la vi reorganizando unas cajas con una sonrisa distraída, pensé en lo fácil que sería acostumbrarme a verla así todos los días.

—¿Qué? —preguntó de repente, notando mi mirada.

—Nada. Solo... me sorprende todo lo que haces aquí. Es admirable.

Ella se encogió de hombros.

Esta mujer no teme a las tormentas, pensé.

—Bueno, alguien tiene que hacerlo. Aunque no te voy a mentir, hay días en los que quisiera tirar la toalla. Pero luego me acuerdo de mi padre y todo lo que significó este lugar para él, y... me doy cuenta de que no puedo rendirme. Compró el albergue y lo restauró con mucho esfuerzo.

Quería decir algo más, algo que pudiera transmitir lo mucho que empezaba a gustarme, pero las palabras se me quedaron atascadas en la garganta. En lugar de eso, me acerqué a la ventana y miré la tormenta que seguía rugiendo fuera.

—Parece que esta noche será larga —dije.

—Sí, pero al menos no estamos solos.

Se acercó y se quedó junto a mí, observando el manto de nieve. Y mientras el viento seguía golpeando las ventanas, todo lo que podía pensar era en lo mucho que deseaba quedarme allí.

Con ella.

Y ese deseo puro y nuevo para mí era perfectamente compatible con las ganas que tenía de acariciarla, de hacer que se estremeciera de placer una y otra vez.

CAPÍTULO 5

EDITH

El sol no había salido del todo, pero las primeras luces del día empezaban a colarse por las ventanas del albergue. Aunque, siendo realista, "día" era una palabra generosa.

La tormenta de nieve seguía allí, enterrando todo a su paso y haciendo imposible ver más allá de unos metros. Vi que Martha ya había salido con la pala a despejar un poco el acceso, aunque no esperábamos ninguna visita.

Esa mañana me desperté con la sensación de que el techo del albergue era lo único que mantenía al mundo entero unido. Bueno, eso y un par de tazas de café bien cargado. Me dirigí a la cocina.

El recuerdo del día anterior me asaltó mientras revisaba los correos en mi móvil, buscando algo de conexión a internet.

Riggs.

No podía sacármelo de la cabeza.

Había algo en su mirada la noche anterior que me hizo sentir... importante. Y no una mirada del tipo "oh, eres la dueña del albergue, gracias por tus servicios", sino algo más profundo.

De hecho, hubo un momento, justo cuando estábamos mirando por la ventana, que pensé que iba a besarme. Lo sentí. Su respiración se detuvo, la mía también. Pero no pasó.

Obviamente, me habría encantado.

—¿Qué haces ahí de pie como un fantasma? —preguntó Martha, irrumpiendo en la cocina mientras cargaba un enorme paquete de harina.

Me sobresalté, golpeándome la cadera contra la encimera.

—¡Nada! Bueno, nada importante. Solo revisaba los emails.

Martha arqueó una ceja, claramente dudando de mi respuesta.

—Claro, claro. Seguro que no estabas pensando en el caballero CEO de mandíbula perfecta y ojos que te desnudan.

Abrí la boca para replicar, pero no logré formular una respuesta coherente. En lugar de eso, opté por ignorarla y me puse a preparar un poco de pan para el desayuno.

Esa mañana, el equipo de Riggs había decidido hacer una actividad grupal en el salón. Leila estaba al mando, organizando una especie de actividad que mezclaba juegos de mesa y estrategias empresariales. Yo estaba demasiado ocupada revisando inventarios y asegurándome de que la calefacción siguiera funcionando sin problema. Sin embargo, no pude evitar asomarme de vez en cuando para ver cómo les iba. Y para, bueno, ver a Riggs, que se había unido a ellos.

Parecía relajado, algo que, según Martha, era poco común para alguien en su posición. Se había quitado la chaqueta formal y estaba con un jersey de *cashmere* que no hacía nada para ocultar lo bien que le quedaba todo. Y ahí estaba yo, medio escondida detrás de una puerta como una adolescente mirando a su amor platónico.

Sacudí la cabeza y me obligué a concentrarme en mis tareas. Pero aunque lo intentara, mi mente siempre volvía una y otra vez a Riggs y esa sensación cálida que había flotado entre nosotros la noche anterior. El *casi beso*.

Cuando llegó la hora del almuerzo, Martha había preparado un festín digno de cualquier restaurante cinco estrellas: sopa de cebolla, pan casero, estofado y hasta un pastel improvisado. Me escabullí después de llevar algunos platos al comedor, pero Riggs me encontró antes de que pudiera desaparecer.

—¿A dónde crees que vas? —preguntó con una sonrisa tranquila mientras se apoyaba en el marco de la puerta de la cocina.

—Tengo cosas que hacer —mentí, sujetando un plato.

—Nada puede ser más importante que comer. Y estoy seguro de que Martha estaría muy decepcionada si no disfrutaras de sus deliciosos manjares con nosotros. Me encantaría que nos acompañaras durante el almuerzo, Edith. Por favor.

Sonreí, aceptando en silencio la invitación, y lo seguí al comedor. Riggs se aseguró de que me sentara entre él y Tim, uno de los ingenieros más jóvenes del grupo, quien inmediatamente aprovechó la oportunidad para entablar conversación.

Lo cierto es que Tim era encantador, pero había algo un poco exagerado en su manera de hablar. Me contó historias de la ciudad que sonaban demasiado fantásticas para ser ciertas. Según él, había salvado a una anciana de un edificio en llamas y ganado un concurso de salsa en la misma noche. Riggs escuchaba al otro lado de la mesa, aparentemente calmado, pero pude notar cierta tensión en su mandíbula.

—¿Y qué hay de ti, Edith? —preguntó Tim, inclinándose hacia mí—. Debe de ser increíble vivir aquí todo el año, rodeada de montañas y nieve. Me encanta este sitio, ha sido todo un descubrimiento. Aunque imagino que también debe de ser... solitario.

—No tanto como podrías pensar —respondí, sintiéndome un poco incómoda con el rumbo de la conversación.

Riggs intervino, con un tono más cortante de lo habitual.

—El albergue parece tener todo lo necesario. Y con Martha y Edith al frente, ¿qué puede salir mal?

Sonaba un poco lapidario.

Le sonreí agradecida y Tim no insistió acerca de mi supuesta "soledad".

Después del almuerzo, todos se dirigieron al salón para continuar con las actividades. Me quedé recogiendo los platos, asegurándome de que Martha no tuviera que lidiar con todo.

Riggs no tardó mucho en aparecer en la cocina.

—¿Ya te has escabullido de las actividades? —bromeé, mientras recogía los vasos.

—Ventajas de ser el jefe. Además, he decidido que me tomo el resto del día libre. Y voy a ayudarte.

Cogió un paño y empezó a secar los platos.

Ay, Dios.

—Oh, no no no no, Riggs. Eso sí que no. No tienes que hacer eso. Eres mi huésped. Y además, esto no es exactamente tomarse el día libre.

—Digamos que es mi manera de devolver el favor. Por la comida. Y por soportarnos.

Me di cuenta de que no servía de mucho discutir. Le dejé que me ayudase y terminamos con los platos en un periquete. No era incómodo tenerlo allí. De hecho, sentí una especie de calma, como si su presencia en la cocina, en nuestra trastienda, fuese lo más natural del mundo.

—Gracias —le dije al final.

Él me miró, y una vez más algo en aquella mirada me dejó sin aliento.

—No tienes que dármelas. Me encanta estar aquí...contigo, Edith. ¿Quién lo iba a decir? Y eso que vine a regañadientes...

El tiempo pareció detenerse. Me di cuenta de lo cerca que estábamos, de cómo sus manos rozaban las mías cada vez que intercambiábamos un plato. Esa tensión, que buscaba desesperadamente una vía de escape... Otra vez.

Antes de que pudiera procesar lo que estaba pasando, Riggs dio un paso hacia mí. Mi respiración se detuvo, y por un segundo pensé que me lo estaba imaginando. Pero no, él estaba allí, mirándome como si yo fuera la única persona en el planeta.

—Edith... —susurró, y luego, sin pensarlo más, me besó.

Fue suave al principio, como si temiese que yo lo apartara. Pero al ver que no lo hice, el beso se volvió más profundo, más intenso. Sentí como si todo el mundo se desvaneciera, como si no hubiera nada más que él y yo en esa cocina.

Cuando finalmente nos separamos, ambos estábamos sin aliento. Riggs me miró.

—Esto no estaba en el plan —dijo, con su voz ronca.

—¿Qué plan? —logré preguntar, todavía tratando de recuperar el aliento.

—El plan de mantenerme alejado de ti...en cuanto te vi y entendí que estaba perdido.

No supe qué decir, pero tampoco importaba. Porque en ese momento, lo único que quería era volver a besarlo. Y, por lo que pude ver en sus ojos, a él le pasaba exactamente lo mismo.

CAPÍTULO 6

RIGGS

La tormenta por fin había amainado, pero el albergue seguía atrapado bajo una capa de nieve que parecía más un manto eterno que algo pasajero.

Mi equipo se había retirado a sus habitaciones después de una cena sorprendentemente animada, llena de bromas y conversaciones relajadas. Incluso yo había logrado soltarme un poco, pero solo porque Edith estaba cerca. Solo ella lograba apagar el ruido constante en mi cabeza.

Cuando vi que todos subían las escaleras, me quedé junto a la chimenea, observando cómo las llamas se agitaban y bailaban en la penumbra del salón. Y allí estaba ella, moviéndose por allí como si no fuera consciente del efecto que tenía en mí.

—¿Ya te vas a dormir? —pregunté cuando pasó junto a mí con un montón de cojines en las manos.

Se detuvo y me miró, sorprendida.

—¿Dormir? ¿Con todo lo que me queda por hacer? Ni de broma.

Me reí suavemente y señalé el sofá frente a la chimenea.

—Déjalo para mañana. Ven, siéntate un momento.

Dudó un instante, pero al final suspiró, dejó los cojines en una silla y se sentó a mi lado. El sofá era pequeño, y nuestros brazos se rozaban. Me di cuenta de que su proximidad ya no me ponía nervioso; al contrario, me resultaba... natural.

—¿Siempre trabajas hasta tarde? —pregunté.

—Aquí no existen los horarios. Me voy a dormir cuando considero que está todo listo para el día siguiente. ¿Y tú?

Cruzó las piernas y se acomodó un poco.

Acaricié con los dedos el respaldo del sofá, sopesando mi respuesta.

—Supongo que sí. Es lo que he hecho toda mi vida: trabajar. Construir. Lograr cosas. Pero últimamente me pregunto para qué.

—¿Para qué? —repitió, inclinándose hacia mí con interés.

—Sí. Para qué. Ya lo he conseguido. Tengo todo lo que se supone que debería desear: éxito, dinero, una empresa en expansión... —me detuve, mirando las llamas. Luego giré la cabeza hacia ella y continué:

—Y, sin embargo, aquí estoy, atrapado en un albergue en las montañas, sintiéndome más relajado en unos días de lo que me he sentido en años.

Edith me miró fijamente, y por un momento, pensé que iba a decir algo sobre lo jodidamente privilegiado que sonaba eso. Pero no lo hizo.

—Entonces deberías relajarte más a menudo —dijo en voz baja, con una sonrisa tan simple que parecía contener todas las respuestas del universo.

Me reí.

—Ya me gustaría, pero no es tan fácil. Hay gente que depende de mí. Tengo responsabilidades, accionistas, empleados...

—Todos tenemos responsabilidades, Riggs —su tono era suave, pero sus palabras eran firmes —. Mírame a mí. Este lugar es mi responsabilidad, y no es precisamente un paseo por el bosque. A veces pienso que no tengo la menor idea de lo que hago. Pero aquí estoy, disfrutando de una noche junto al fuego en lugar de ordenar la cocina o preocuparme por las cuentas.

La miré, impresionado por lo simple y directa que era.

—¿Siempre has sido así de sabia?

Ella se rió con ganas. Era el mejor sonido del mundo.

—¿Sabia? Pero si a duras penas logro mantener este lugar en pie. Si no fuera por Martha, probablemente estaría escondida en un rincón llorando.

Me incliné hacia ella, intrigado.

—¿Entonces por qué lo haces? ¿Por qué quedarte con un negocio que parece ser más problema que solución?

Edith suspiró, jugando con un mechón de su cabello.

—Porque es mi sueño. Bueno, no siempre lo fue, pero... por mi padre. Este lugar era su sueño. Siempre decía que un albergue en las montañas era donde quería pasar el resto de su vida. Lo compró con mucho esfuerzo. Y cuando falleció, sentí que era mi responsabilidad continuar con lo que él empezó. Y, supongo que, con el tiempo, también se ha convertido en mi sueño.

Su voz se quebró un poco al final, y sentí una punzada en el pecho. Quería decir algo, pero no sabía qué. Así que solo extendí mi mano y la coloqué sobre la suya, apretándola suavemente.

—Tu padre estaría orgulloso de ti —dije con sinceridad.

Ella levantó la vista. Sus ojos reflejaban el fuego de la chimenea.

—¿Tú crees?

—Estoy seguro.

Nos quedamos en silencio. No habíamos hablado de lo que había pasado. De esos besos. Pero a ninguno de los dos parecía incomodarle. Tampoco me incomodaban los silencios con ella.

De hecho, quería quedarme allí para siempre, en ese momento perfecto. A su lado. Delante de la chimenea.

—¿Y tú? —preguntó de repente, interrumpiendo mis pensamientos.

—¿Yo qué?

—¿Con qué soñabas antes de convertirte en un gran CEO? ¿Qué querías ser?

Me reí, más para mí mismo que para ella.

—¿La verdad? Quería ser astronauta.

Edith abrió los ojos como platos y soltó una carcajada.

—¿Astronauta?

—Sí —me encogí de hombros, sonriendo—. Me fascinaba la idea de estar en el espacio, lejos de todo y todos. Supongo que eso dice mucho de mí.

Me miró fijamente, desarmándome, como si pudiera atravesar todas mis máscaras.

—No creo que quieras estar lejos de todo. A lo mejor solo quieres encontrar algo que te haga sentir como si pertenecieras a algún lugar.

Su comentario me dejó sin palabras. Me incliné hacia ella, sin pensar, atraído por esa energía que parecía envolvernos. Justo cuando estaba a punto de besarla, de acabar con aquella maldita distancia que nos separaba, alguien se aclaró la garganta detrás de nosotros.

Edith se apartó rápidamente, y yo me giré para encontrarme con Leila, mi asistente, de pie junto a la entrada del salón.

—Perdón por interrumpir —dijo, con un tono tan frío que podría haber apagado la chimenea con su aliento.

Fruncí el ceño, irritado por la interrupción, pero intenté mantener la calma.

—¿Necesitas algo, Leila?

—Nada importante. Solo quería recordarte que tenemos una reunión virtual con el equipo de Londres pasado mañana, por si necesitas prepararte informes.

—Gracias, pero creo que puedo encargarme de eso mañana. Ahora es tarde.

Leila no pareció convencida, pero asintió.

—Muy bien. Buenas noches.

Se dio la vuelta y salió, pero no sin antes lanzarle a Edith una mirada que claramente decía "sé lo que está pasando".

Me levanté, sintiendo que el momento se había perdido por completo.

—Supongo que será mejor que nos vayamos a la cama —dije, a pesar de que no quería que la noche terminara.

Me miró, decepcionada. Pero se recompuso rápidamente.

—Sí, supongo que sí. Es tarde.

Me acerqué a ella, dudando por un momento, pero finalmente coloqué una mano en su brazo.

—Gracias por esta noche. Hacía mucho tiempo que no me sentía... así.

Ella me sonrió, aunque su sonrisa parecía teñida de algo más.

—Buenas noches, Riggs.

—Buenas noches, Edith.

Me dirigí a mi habitación, pero no pude evitar mirar hacia atrás una vez. Ella todavía estaba allí, junto al fuego, perdida en sus pensamientos. Y yo sabía muy bien que esa noche no iba a poder dormir pensando en ella.

CAPÍTULO 7

EDITH

No podía dormir. Nuestra conversación me había dejado turbada, y a pesar de que no había dicho nada del otro mundo; la interrupción de Leila me había parecido casi violenta.

Me levanté y me dirigí un momento hacia mi tocador, donde encendí la lámpara que usaba para maquillarme en muy contadas ocasiones.

Allí, junto a la ventana, contemplé la oscuridad del exterior como si pudiese distinguir las formas de las montañas. Al menos, la tormenta nos había dado una tregua. Había parado de nevar. Podría hacer un pedido de todo lo que necesitaríamos en las próximas dos semanas y... ugh.

No podía evitarlo. Pensaba constantemente en todo lo que tenía que hacer para mantener aquel sitio en pie. ¿Realmente valía la pena? Y con todas mis ocupaciones, ¿podía permitirme malgastar mi tiempo fantaseando con un hombre?

En ese momento, alguien llamó a mi puerta. A pesar de que fue muy suave, me sobresalté. Eché un vistazo a mi móvil, que había puesto en modo avión. Eran las doce y media de la noche. No tan tarde como para creer que se trataba de una emergencia, pero desde luego no eran horas para visitas.

A no ser que...

Sonó de nuevo. Unos nudillos golpeando la puerta de madera.

Me levanté y fui a abrir, sin pensar en mi camisón blanco de seda y tirantes. Demasiado revelador.

Era Riggs.

No tenía que explicarme el motivo de su visita, porque su mirada me lo dijo todo. Lo dejé pasar y cerré tras él. Solo pronunció mi nombre antes de besarme.

—Edith...

Me levantó sin ningún esfuerzo, me llevó a la cama y dio un paso atrás para contemplarme.

—Sé que es tarde, pero no podía dormir. No me ha gustado nada la forma en que te he dado las buenas noches. Nunca en mi vida he deseado nada como te deseo a ti.

Busco mi aprobación con la mirada.

—Ven aquí —le dije.

Observé cómo se quitaba el grueso jersey de lana y, después, la camisa. Yo me desprendí de mi camisón, quedándome solo con una minúscula braguita.

Parece que esto va a pasar, me dije.

Me alegré de no haber esperado, porque en cuanto vi su pecho ancho y musculado me quedé de piedra. Él buscó mis caderas y las arrastró un poco hacia el borde, sobre el colchón. Se colocó entre mis piernas, de rodillas sobre el suelo de madera.

Acarició los costados de mi cuerpo, descendiendo muy lentamente mientras mantenía su mirada clavada en mí. Una mano en la cintura. La otra buscó mi pezón derecho. Lo presionó un poco y a mí me faltó el aire. Gemí de puro placer, y entonces él repitió su gesto.

—Te necesito, Riggs.

Sonrió satisfecho, de una forma muy sexy.

—Tus deseos son órdenes, señorita.

Me agarró con firmeza y me desplazó un poco más hacia el borde de la cama. No perdió ni un segundo más en deshacerse de mis braguitas. Me dio un poco de vergüenza haber escogido precisamente unas de color rosa, pues se veía muy bien la mancha oscura y húmeda que se había formado justo en el centro de la tela en cuanto él se empezó a desnudar.

Cogió mis piernas y las encajó sobre sus hombros. En esa posición debía sentirme expuesta, pero no era así. Todo lo que sentía era un deseo embriagador.

Nunca lo había hecho con uno de mis huéspedes.

Hace mucho tiempo que no estoy con un hombre, pensé. *¿Debería ponerlo sobre aviso?*

Riggs se inclinó, llevando su lengua hasta mi clítoris. Arqueé la espalda al primer contacto, y entonces él se desvió hacia mis pliegues, antes de volver de nuevo a mi centro de placer. Le dedicó todo su empeño, llevándome al borde del orgasmo varias veces. Era increíble cómo leía mi cuerpo, cómo había aprendido en cuestión de segundos qué era exactamente lo que me gustaba.

—Dios, Edith. Sabes increíble —dijo, separándose de mi cuerpo un instante

—Más. Por favor.

Volvió enseguida a sus quehaceres, esta vez focalizándose única y exclusivamente en mi clítoris. Alternaba con su lengua, lamiendo y succionando y cuando menos lo esperaba me introdujo dos dedos. Se movió en mi interior estimulando mi punto G sin que su lengua se resintiera ni un instante. Dios mío, aquel hombre sabía muy bien lo que hacía. No tardé ni un minuto en correrme entre serios espasmos.

Paró hasta que me recompuse.

—Eso ha sido lo más bonito que he visto nunca —me dijo—. Y quiero verlo una y otra vez.

Se incorporó y se quitó la ropa que aún tenía puesta. Pantalones y calzoncillos. Cuando recuperé un poco el aliento me incorporé sobre mis codos y me distraje enseguida con el bulto que se adivinaba bajo sus calzoncillos *slip*.

Me puse nerviosa.

Hablé sin apenas pensar.

—Creo que es el momento de decirte que no tengo demasiada experiencia con esto —confesé.

—Iré con cuidado —contestó, mientras se colocaba sobre mi cuerpo.

Nuestras miradas quedaron a la misma altura.

Sentía mis mejillas encendidas. Ardiendo.

—Ha sido increíble tener mis dedos dentro de ti. Edith, tienes que decirme si en algún momento quieres que vaya más despacio...porque ahora solo siento que quiero devorarte.

Y la cuestión era que no quería que fuese con cuidado. Ni despacio. Quería que lo hiciese rápido. Y duro. Hasta que mi mundo estallase en mil pedazos de nuevo.

Eso asumiendo que semejante miembro cupiese en mi interior...

Me besó de nuevo, y luego se desvió hacia mi oreja, mi cuello. Y yo, como invitación, abrí de nuevo las piernas. Se colocó entre ellas sin perder un segundo más y, tal y como me dijo, se deslizó en mi interior. Despacio. Amoldándose a mí.

Y todo apuntaba a que mi cuerpo estaba exactamente hecho a su medida.

Empezó a moverse, llegando hasta todos y cada uno de mis rincones, aumentando su ritmo poco a poco. Sus caderas me acorralaban en aquel colchón, en aquella cama que nunca sería la misma. Perdí la noción del tiempo. Solo me sumí en aquel delicioso vaivén hasta que lo sentí llegar otra vez.

Riggs esperó a que yo me corriese bajo su cuerpo, por segunda vez, y solo entonces entrecerró los ojos y se permitió su propio alivio. Gimió intensamente y se dejó ir.

Después, se desplomó sobre mis pechos.

Su corazón quedó sobre el mío, los dos desbocados.

No sé cuánto tardamos en recuperar el aliento, pero mucho antes de eso entendí que separarme de ese hombre iba a ser una auténtica tortura.

CAPÍTULO 8

EDITH

La mañana llegó con un sol tímido que se reflejaba en la nieve acumulada de los últimos dos días. Era como si el cielo hubiera decidido darnos un respiro después de aquel encierro. Aprovechando la tregua, anuncié a todos durante el desayuno que, en previsión de la mejora del tiempo, había organizado una excursión de esquí.

—¿Esquí? —repitió Tim, mientras se calentaba las manos con la taza de café—. ¿Vamos a tener que bajar cuestas y eso? Porque, te aviso, Edith, soy más de tropezarme bajando escaleras que de hacer deporte extremo.

El grupo rió, y hasta yo tuve que contenerme.

—El esquí de pista no es un deporte extremo —contesté.

Riggs, sin embargo, permanecía callado, observándome desde su asiento. Aún sentía su mirada como un calor constante, como si la noche increíble que habíamos pasado juntos no hubiera sido suficiente para él. Ni para mí, si tenía que ser sincera.

—Será una actividad tranquila —les aseguré, aunque sabía que "tranquila" y "grupo de adultos descoordinados" no siempre iban de la mano—. Hay una pista cerca, no demasiado empinada. Es perfecta para principiantes.

Fue Leila quien levantó la vista de su café, escéptica. Me miraba raro desde la noche anterior, cuando nos pilló *in fraganti* junto a la chimenea.

—¿Tú también esquiarás?

—Por supuesto. Os acompañaré —respondí, alzando la barbilla. —¿Qué tipo de anfitriona sería si no?

—Una inteligente, probablemente —murmuró Tim, ganándose otra ronda de risas.

Mientras el grupo se preparaba para salir, me encontré con Riggs en la entrada, ajustándose una chaqueta que claramente era más cara que la mitad del equipo del albergue.

—¿Tú también vienes al final? —le pregunté.

Había oído algo por encima, acerca de unas llamadas importantes que tenía que hacer ese día. Que viniese con nosotros era la mejor de las noticias. Él sonrió; ese tipo de sonrisa que me hacía querer besarlo al instante. Pero me contuve.

—¿Por qué no? Ya te conté que no se me da mal el esquí.

—¿En serio? —lo miré escéptica.

—Bueno, digamos que lo he hecho un par de veces.

Sus palabras sonaban seguras, pero su tono lo traicionó.

—¿Un par de veces? Eso no suena precisamente a *experto*.

Riggs se encogió de hombros.

—Bueno. Digamos que soy competitivo. Aprenderé rápido.

—O terminarás rodando montaña abajo.

—Eso también es una posibilidad —admitió entre risas.

La caminata hacia la pista, que no estaba muy lejos, fue divertida, llena de bromas y pequeños deslices sobre la nieve. Tim y otro compañero del equipo, Marcus, insistían en fingir que estaban perdidos cada dos minutos, mientras Leila lideraba al grupo como si estuviera dirigiendo una expedición al Everest.

Riggs caminaba a mi lado, con paso firme y voz baja, solo para mí.

Cuando llegamos a la pista, el grupo empezó a calzarse los esquís que alquilamos. Fue ahí cuando noté que Riggs, a pesar de su aparente seguridad, los miraba con algo de desconfianza.

—¿Estás seguro de que sabes lo que haces? —le pregunté en voz baja, mientras ajustaba mis botas.

—Absolutamente.

El leve titubeo en su respuesta me hizo sonreír.

—Bien, porque no tengo seguro de accidentes para CEOs torpes.

—¿Torpe? —frunció el ceño, fingiendo estar muy ofendido—. Voy a demostrarte que puedo esquiar mejor que cualquiera de estos.

—Eso quiero verlo.

Y vaya si lo vi.

Mientras el grupo avanzaba con cautela por la pendiente, Riggs decidió apartarse conmigo, intentando seguir mi ritmo. Todo iba bien... durante los primeros treinta segundos.

—¿Así de lento esquías siempre? —me provocó, adelantándome un poco con un movimiento exagerado.

—¡No te confíes! —le advertí, entre risas.

Y, como si el universo quisiera demostrar mi razón suprema, en cuanto intentó girar, su pierna derecha decidió no seguir el plan. Tropezó y terminó de espaldas en la nieve, con los esquís en el aire.

—¿Estás bien? —le pregunté, acercándome mientras intentaba no reírme.

Soy terrible. A veces me río cuando alguien se cae.

—Estoy perfectamente —su tono era seco, pero la sonrisa que intentaba ocultar lo delataba.

—Claro, porque caer de espaldas es todo un logro atlético.

—Es parte de mi estrategia.

—¿Estrategia?

—Sí, hacerte reír. Está funcionando, ¿no?

No pude evitarlo y solté una carcajada. Para mi sorpresa, él se unió a mí.

Después de asegurarnos de que no tenía nada roto más que el orgullo, continuamos. Riggs se esforzaba por mantener el equilibrio, pero su competitividad le jugaba en contra. Cada vez que intentaba impresionarme con un giro o un poco más de velocidad, terminaba de alguna forma tumbado en la nieve.

—Creo que estás mejorando —le dije tras su tercera caída.

—¿De verdad?

—No.

Él se rió, sacudiéndose la nieve de los pantalones.

—Esto no es justo. ¿Cómo haces que parezca tan fácil?

—Talento natural. He crecido en estas montañas, Riggs —me encogí de hombros, sonriendo.

—O me estás saboteando para que quede mal frente a tu equipo.

—¿Mi equipo?

—Sí. A estas alturas, ya eres la líder oficial de este grupo de *amateurs*.

Pasamos la mayor parte de la mañana así, riendo y deslizándonos por la nieve, alejados del resto. Por un rato, olvidé que él era un importante empresario y yo la dueña de un albergue pequeño y en apuros. Éramos solo Riggs y Edith, dos personas que disfrutaban de la nieve y la compañía del otro.

A mediodía nos acercamos al bar de la estación de esquí y comimos unos suculentos sandwiches que Martha había preparado.

Cuando el sol comenzó a bajar, anuncié a todos que era hora de regresar. Riggs, cubierto de nieve de pies a cabeza, caminó junto a mí, todavía intentando sacudirse los restos de sus múltiples caídas.

—Admite que fue divertido —le dije, mirándolo de reojo.

—Fue humillante.

—Y divertido.

—Bueno, si verte reír cuenta como divertido, entonces sí, lo fue.

Su comentario me pilló por sorpresa, y sentí un calor inesperado en mis mejillas.

—No sé qué haces en una oficina todo el día —le dije—. Claramente naciste para el esquí.

Él se detuvo y me miró, inclinándose un poco hacia mí.

—¿Sabes qué? Tal vez debería replantearme mi carrera. Ya lo estoy haciendo, de hecho.

Nos quedamos en silencio un momento. Nuestros alientos se mezclaban en el aire frío. Estábamos tan cerca que podía ver los pequeños copos de nieve atrapados en su pelo oscuro. Quería decir algo, pero las palabras se me atascaron en la garganta.

El resto del grupo nos alcanzó, rompiendo esa burbuja que se había formado a nuestro alrededor. Caminamos de regreso al albergue, entre risas y bromas sobre las caídas del jefe.

Esa noche, mientras Martha servía chocolate caliente en la cocina y el grupo se reunía junto a la chimenea, me quedé un momento mirando a Riggs desde la distancia. Estaba riéndose con Tim, relajado y feliz, como si hubiera dejado atrás todos sus problemas.

Y bueno, supongo que ahí estaba el mío.

Mi problema.

Me estaba enamorando de él. No solo del CEO distante y atractivo, sino del hombre que me hacía reír, que se caía en la nieve sin quejarse, que encontraba la manera de estar a mi lado en todo momento.

Y solo quedaba un día y medio para que se fuera.

CAPÍTULO 9

RIGGS

Mi habitación estaba en silencio, salvo por el leve crujir de la madera al calentarse con la calefacción. Me había sentado en la cama hacía rato, con los codos apoyados en las rodillas y las manos entrelazadas, pero no conseguía relajarme.

Mi cuerpo estaba agotado después del día en la nieve, especialmente tras mi gran actuación como el *peor esquiador del mundo,* pero mi mente no daba tregua.

Edith.

Era todo lo que podía pensar. Cada vez que cerraba los ojos, veía su sonrisa, las carcajadas que soltaba cuando me caía. O cuando me ganaba en cualquier cosa que intentara. Y, más allá de eso, sentía su calidez, como si cada interacción con ella deshiciera un poco más la coraza que había construido durante años.

Tomé una bocanada de aire y me dejé caer sobre la almohada. ¿Cómo demonios había pasado esto? Yo no era el tipo de hombre que se encariñaba tan rápido. Mi vida en la ciudad, con sus relaciones rápidas y sin ataduras, había sido siempre una rutina bien establecida. Era un espacio seguro, controlado, y nada ni nadie se me acercaba demasiado.

Era perfecto.

O eso creía.

Pero Edith no había necesitado esforzarse. Había llegado a mi vida de repente, con su espontaneidad y su manera de ser directa, y había desarmado todo a su paso. Y aquí estaba yo, reflexionando como si fuese un adolescente enamorado, cuando lo lógico sería disfrutar el momento y olvidarlo todo al volver a la ciudad.

Excepto que no quería olvidarla.

No me hacía falta estar ya en casa para darme cuenta de la evidencia.

Me levanté y di unos pasos hasta la ventana, apartando un poco la cortina para ver el exterior. La tormenta había dejado todo inmóvil, como un lienzo blanco bajo la luna. Durante años, me había acostumbrado a esa rutina con piloto automático; a los números, a las reuniones interminables y los objetivos que nunca parecían suficientes. Me convencí de que necesitaba todo eso para sentirme realizado. Pero la verdad era que mi carrera siempre había sido una forma de escapar.

De no pensar en él.

Desvié la mirada hacia el suelo. Me pesaba en el corazón una culpa que nunca había logrado sacudirme. Mi hermano menor, Danny, había muerto hacía seis años en un accidente estúpido y evitable. Yo estaba demasiado ocupado en la oficina aquel día para responder a sus llamadas. Cuando me enteré, era demasiado tarde. Y desde aquel día me convertí en un adicto al trabajo, como si alcanzar el éxito que él nunca tuvo pudiera justificarlo de alguna manera.

Y así ha sido.

Hasta que vi a Edith.

El amor a primera vista siempre me había parecido ridículo.

Pero Edith... Edith hacía que quisiera detenerme. Por primera vez en mucho tiempo, sentía que podría parar, respirar, incluso vivir, y eso era aterrador.

Cerré la cortina y me pasé una mano por el pelo. Sabía que no iba a poder dormir solo. No después de la noche anterior. No después de pasar todo el día tan cerca de ella.

Me dirigí a la puerta antes de que pudiera pensarlo demasiado, avanzando por el pasillo iluminado con luces tenues.

Al llegar a su habitación, me quedé unos segundos frente a la puerta, intentando decidir si debía tocar o darme la vuelta. Sabía muy bien las implicaciones de repetir...lo de la noche anterior. Iba a atarme a ella un poco más. Pero antes de que pudiera arrepentirme, llamé suavemente.

—¿Riggs? —su voz era un susurro al otro lado. Sonaba sorprendida pero no molesta.

—¿Puedo pasar? —pregunté.

Edith estaba sentada en la cama, con una manta sobre las piernas y un libro abierto entre las manos. Levantó la vista y me dedicó una sonrisa, esa que hacía que todo en mí se apaciguara.

—Claro.

Entré y cerré la puerta tras de mí, sintiéndome repentinamente nervioso. Me acerqué a la cama y me senté en el borde, mientras ella apartaba el libro a un lado.

—¿Todo bien? —preguntó, mirándome con esos ojos grandes y curiosos.

Asentí, aunque la verdad era más complicada. No sabía cómo abordar el tema que me estaba rondando desde hacía días. Pero, de alguna manera, con ella todo parecía más fácil.

—Solo...Quiero contarte algo —dije al fin, en voz baja.

Edith se acercó un poco más, con la manta aún sobre sus piernas, preparada para escuchar.

Respiré hondo.

—Hace seis años perdí a mi hermano —comencé. Las palabras salieron más rápido de lo que esperaba —. Danny. Era más joven que yo, el típico chico que siempre tenía una sonrisa para todos y trababa amistad con cualquiera.

Noté cómo su rostro cambiaba. Su expresión se suavizó con algo más que compasión.

—¿Qué le pasó?

—Un accidente. Estaba conduciendo de noche, pero el coche derrapó en la carretera mojada. Murió antes de que llegase la ayuda.

Ella no dijo nada, pero movió una de sus manos hasta posar suavemente los dedos sobre los míos. El gesto era pequeño, pero me unió un poco más a ella.

—Ese día me había llamado varias veces. Quería que fuera a verlo, pero yo estaba ocupado con una reunión —hice una pausa, mirando nuestras manos entrelazadas —. Siempre pensé que ya tendría tiempo para él. Que podía posponer una llamada más.

Edith apretó mis dedos.

—Riggs... no puedes culparte por eso.

—Pero lo hago. No puedo evitarlo. Me persigue todos los días —levanté la vista, encontrándome con sus ojos llenos de algo que no podía identificar —. Desde entonces, he estado obsesionado con mi trabajo. Como si estar todo el día ocupado pudiera compensar lo que él no pudo tener.

Ella se inclinó hacia mí. Estaba tan cerca que podía sentir el calor de su aliento.

—Riggs, trabajar no es vivir. Lo sabes, ¿verdad?

—Lo estoy empezando a entender.

Dejé escapar una risa suave y sin humor.

Nos quedamos en silencio, con nuestras manos aún juntas. Edith siempre parecía tener esa habilidad de escuchar sin juzgar, de estar sin exigir nada a cambio.

Finalmente, ella habló, con su tono suave.

—A veces las personas entran en nuestras vidas para recordarnos que podemos detenernos. Que está bien hacerlo.

La miré. Mi coraza se desmoronaba por completo bajo esa mirada suya. Edith no era solo una mujer refugio, un lugar seguro. No era solo alguien con quien pasar el tiempo. Ella era más, mucho más de lo que yo merecía.

Pero, ¿qué pensaba ella? Esa idea me carcomía. Si todo esto era solo algo pasajero para ella, no sabía si podría soportarlo.

Antes de que pudiera ahogarme más en mis propios pensamientos, Edith habló de nuevo:

—Quédate aquí esta noche.

No había juicio ni presión en sus palabras, solo una invitación. Asentí, dejando de lado las dudas.

Me metí bajo las mantas con ella, sintiendo cómo me rodeaba la misma calidez que había sentido desde que llegué al albergue.

Y esa noche decidí no preocuparme por el mañana. Solo quedaba un día y medio hasta que regresáramos a la ciudad, pero mientras estuviese a su lado, todo lo demás podía esperar.

CAPÍTULO 10

EDITH

El comedor del albergue estaba irreconocible. Martha había superado todas mis expectativas decorando con guirnaldas de papel, luces tenues y hasta una pequeña mesa con "barra libre". El ambiente era cálido y alegre, como si quisiéramos ignorar que al día siguiente nuestro albergue volvería a quedarse en silencio.

Había decidido organizar una pequeña fiesta de despedida para el grupo de Riggs, algo informal y relajado. Después de todo, había pasado unos días "atrapada" en el albergue con ellos, y estaba segura de que me dejarían recuerdos imborrables. Pero, siendo realista, la verdadera razón de este último esfuerzo no era otra que Riggs.

Él estaba al otro lado del salón, con una copa de vino en la mano, riéndose de algo que Tim había dicho. Parecía tan diferente al hombre serio que había llegado al albergue. Más relajado, más humano. Sobre todo después de la conversación que habíamos tenido la noche anterior. Y también, irónicamente, más peligroso para mi corazón.

La música que salía del altavoz *bluetooth* animaba a algunos a moverse. Tim, con su habitual torpeza encantadora, intentaba que Leila bailara, aunque ella solo lo miraba como si estuviera perdiendo el juicio. Mientras tanto, Riggs seguía de pie, observando a todos con una media sonrisa que lo hacía... bueno, irresistible.

Y antes de darme cuenta, ya lo tenía a mi lado.

—¿No vas a bailar, Edith?

—Solo si alguien digno me invita —respondí con una sonrisa, intentando mantener la compostura.

—¿Digno?

—Digno de mi ritmo sabroso.

Su sonrisa se ensanchó. Estaba conteniendo una carcajada.

—Bueno, no sé si califico, pero puedo intentarlo.

Antes de que pudiera protestar, Riggs me cogió de la mano y me llevó al centro de la sala. La música cambió a algo más lento, y el murmullo alrededor de nosotros comenzó a disminuir.

Sus manos se encontraron mi cintura con una facilidad que me hizo contener el aliento, mientras yo colocaba las mías sobre sus hombros. Su proximidad era intoxicante, y con cada pequeño movimiento, sentía que el resto del mundo desaparecía.

—¿Te gusta organizar despedidas? —preguntó, inclinándose lo suficiente para que pudiera oírlo sobre la música.

—Solo cuando no quiero que la gente se marche —admití.

Riggs me miró fijamente, como si estuviera buscando algo en mi expresión. Había algo en sus ojos que parecía decirme que entendía exactamente cómo me sentía.

—Voy a echar de menos este lugar —dijo al fin.

—¿El lugar o la compañía?

—La compañía, por supuesto.

La energía entre nosotros mutó por enésima vez, haciéndose más pesada, más cargada de esa tensión que ya me era muy familiar. Sentía cada centímetro de su cuerpo cerca del mío, y la música parecía sincronizarse con los latidos de mi corazón.

Y entonces lo hizo.

Riggs inclinó la cabeza y me besó. No fue un beso tímido ni casual. Fue profundo, decidido, como si quisiera asegurarse de que todo el mundo, incluida yo, entendiera lo que significaba.

Le dio exactamente igual que nos viesen.

De hecho, el murmullo de los demás nos llegó como un eco lejano.

Tim silbó, y alguien —creo que fue Martha— exclamó algo que no pude entender. Pero me dio igual. Lo único que importaba era Riggs, su boca en la mía, su mano firme en mi espalda.

Cuando finalmente nos separamos, nuestras respiraciones se entremezclaron. Riggs no se apartó mucho, y mantuvo sus ojos aún fijos en los míos.

—Eso ha sido... —comencé, pero no pude terminar.

—Lo que tenía que ser —dijo él, y no tuve fuerzas para contradecirlo.

Pero la magia del momento se rompió cuando me excusé para ir al baño. Necesitaba un respiro, algo de aire para ordenar mis pensamientos.

Estaba lavándome las manos cuando la puerta se abrió y Leila entró. Al verme, cerró la puerta tras de sí con un gesto decidido.

—Edith, ¿puedo decirte algo? —preguntó, cruzándose de brazos.

—¿Tengo elección? —respondí con una sonrisa forzada.

—Sé que te gusta Riggs, pero deberías tener cuidado.

Su tono era frío, profesional, pero había algo más, algo que me hizo tensarme.

—¿Cuidado? —repetí, intentando sonar despreocupada.

—Riggs es... complicado. Es un mujeriego, para serte franca. Siempre ha sido así, y dudo que cambie.

La frialdad en su voz me irritó, pero lo que más me dolió fue la pequeña punzada de verdad en sus palabras. Riggs no me había prometido nada. Ni siquiera habíamos hablado de lo que significaba esto entre nosotros. Ni de lo que iba a pasar cuando se fuera. Probablemente nada.

—Gracias por tu preocupación, pero creo que puedo manejarlo sola —respondí, manteniendo mi tono firme.

—Solo digo que no te hagas ilusiones. Para Riggs, esto puede ser solo otra aventura pasajera. Conociéndolo...

Sentí cómo mis mejillas se calentaban, no de vergüenza, sino de rabia.

—Con todo respeto, Leila, creo que esto no te incumbe.

Ella me miró un momento, luego asintió con un suspiro.

—Quizá no, pero lo digo porque sé cómo es. Son muchos años ya trabajando a su lado. Buena suerte, Edith.

Cuando salió del baño, me quedé mirando mi reflejo en el espejo. Sus palabras habían hecho algo más que irritarme. Habían sembrado una duda más que razonable.

¿Y si tenía razón?

Me pasé las manos por el rostro y respiré hondo. No iba a permitir que Leila arruinara lo que tenía con Riggs, fuera lo que fuera. Pero, por dentro, no podía evitar sentirme un poco herida.

Cuando regresé al salón, Riggs estaba ocupado conversando con Martha y Tim. Por un momento, consideré acercarme a él, pero decidí que no. Necesitaba espacio para procesar todo.

Al día siguiente se marcharían, y la realidad iba a ser dura.

¿Había cometido un error al dejarme llevar por mis sentimientos?

CAPÍTULO 11

RIGGS

Me desperté antes del amanecer, con la decisión ya tomada. Había pasado gran parte de la noche dando vueltas en la cama, revisando mentalmente cada detalle de lo que significaría cambiar mi vida por completo. No era algo que me caracterizara. Siempre había sido práctico, calculador. Mis movimientos en los negocios eran meticulosos, estratégicos. Pero esto... Esto era nuevo.

Edith se había retirado temprano la noche anterior, inventando una excusa sobre un dolor de cabeza que ninguno de los dos creyó. Lo entendí, porque yo también había sentido el peso de la inminente despedida. La idea de dejarla atrás, de regresar a mi vida en la ciudad como si nada hubiera pasado, era insoportable.

Me levanté de la cama y me acerqué a la ventana. La nieve cubría todo como una manta brillante y fría, pero el cielo estaba despejado, anunciando que el clima finalmente nos permitiría marcharnos. Solo que yo no planeaba hacerlo.

El grupo se reunió en el comedor para el desayuno. Leila, siempre puntual y eficiente, ya había organizado las maletas y las había dejado listas para cargarlas en el autocar que llegaría en una hora. Tim y Marcus discutían sobre quién había hecho más el ridículo en la pista de esquí, y Martha iba de un lado a otro con una energía que me resultaba contagiosa.

Y luego estaba Edith. Moviéndose entre las mesas, con esa sonrisa profesional que usaba como escudo. Pero yo ya la conocía lo suficiente como para ver la verdad detrás de ella. Algo en su postura, en la forma en que evitaba mirarme directamente, me decía que ella también sentía que esto no podía terminar aquí.

No tenía un plan elaborado, lo cual era raro en mí. Solo sabía lo que quería: quedarme. Y, por primera vez en mi vida, estaba dispuesto a arriesgarlo todo por algo que no podía calcular, por algo que no podía prever.

Cuando el autobús llegó, todos se pusieron en movimiento. Leila se aseguró de nuevo de que cada maleta estuviera en su lugar y empezó a apurar al grupo. Me mantuve en el margen, esperando mi momento.

—¿Riggs? —Leila me llamó desde la puerta del autobús, con esa mirada inquisitiva que usaba cuando algo no encajaba en su esquema de eficiencia—. ¿No vienes?

—Subid vosotros primero. Ahora voy.

Leila frunció el ceño, pero no dijo nada. Era raro que no insistiera, pero tal vez había notado algo en mi tono. No era tonta.

Esperé a que todos subieran al autobús antes de salir al porche del albergue. Allí estaba Edith, junto a Martha, despidiendo al grupo con esa calidez genuina que parecía envolver todo lo que hacían.

Martha se adelantó para ayudar con las últimas maletas, dejándonos solos. Edith no se dio cuenta de inmediato, ya que estaba ocupada diciendo adiós con una mirada brillante.

—Edith —pronuncié su nombre suavemente, y ella giró hacia mí.

Su expresión cambió, pasando del desconcierto a algo que no pude descifrar del todo.

—¿No subes? —preguntó, frunciendo ligeramente el ceño.

Negué con la cabeza.

—No.

—¿Qué...? —su voz se apagó, y vi cómo la duda y la esperanza luchaban en su rostro.

Respiré hondo.

Era ahora o nunca.

—Me quedo —mis palabras resonaron firmes, más claras de lo que esperaba —. Si tú me dejas... si tú quieres, me quedo contigo.

Su boca se abrió ligeramente, pero no dijo nada, así que continué:

—Sé que esto puede parecer una locura. Apenas nos conocemos. Pero lo que siento por ti es lo más real que he sentido en años. No puedo volver a mi vida como si nada hubiera pasado, como si tú no existieras.

Edith abrió la boca de nuevo para decir algo, pero levanté una mano para detenerla.

—Déjame terminar —sonreí, viendo cómo su expresión cambiaba entre incredulidad y algo más suave —. Sé que amas este lugar. Sé lo que significa para ti, y no quiero cambiar eso. Pero tengo una propuesta.

Se cruzó de brazos, mirándome con cautela.

—¿Una propuesta?

Asentí.

—Quiero ayudarte a transformar este albergue en un destino de retiro corporativo. Algo exclusivo, único. Yo puedo encargarme de la parte financiera, de atraer a los clientes. Pero tú tendrás la última palabra en todo. Este seguirá siendo tu albergue, tu sueño. Yo solo estaré aquí para apoyarte. Solo si quieres, claro.

Ella no dijo nada, pero podía ver cómo procesaba mis palabras.

—Y mientras tanto —añadí, bajando la voz —yo me quedaré contigo. Trabajaré a distancia, lo que sea necesario. Pero no puedo imaginarme irme de aquí y no verte más.

El silencio que siguió fue eterno. Ella miraba el suelo, con sus labios presionados en una línea tensa. Y entonces, finalmente, levantó la vista.

EDITH

Riggs estaba frente a mí, con esa mirada intensa que me hacía sentir como si el mundo se detuviera a nuestro alrededor. Mi corazón latía descontrolado, y aunque quería mantener la compostura, sus palabras habían derribado todas mis defensas.

—¿Quieres quedarte aquí? ¿Conmigo? —pregunté, con mi voz apenas convertida en un susurro.

Él asintió, dando un paso hacia mí.

—Solo si tú quieres.

Quería gritar "sí", lanzarme a sus brazos y no soltarlo nunca. Pero las dudas empezaron a gritar más fuerte en mi cabeza.

—Riggs... Este es mi hogar, mi refugio. No sé si convertirlo en un lugar de retiros corporativos es lo correcto.

Él sonrió, cálido, paciente.

—En realidad es solo una excusa para quedarme aquí contigo. Si no funciona, no importa. Lo único que quiero es estar a tu lado, Edith.

Sentí que las lágrimas amenazaban con brotar, pero las contuve. Todo esto era tan inesperado, tan abrumador.

—¿Y tu vida en la ciudad? Tu trabajo, tu empresa...

—Todo eso sigue ahí, pero puedo adaptarlo. Siempre he puesto mi carrera por delante de todo, y ahora me doy cuenta de lo que me he estado perdiendo. Quiero algo más. Quiero a alguien más. Y ese alguien eres tú.

Mi corazón se desbordaba, pero aún había una pequeña voz en mi interior que dudaba.

—¿Y si no funciona? —pregunté, apenas capaz de mantener la voz firme.

—Entonces lo intentaremos de otra forma.

Riggs me miró con una seguridad que casi me hizo caerme de rodillas.

—Pero no voy a dejar que el miedo me haga perderte —añadió.

Las lágrimas finalmente cayeron, y no me importó. Di un paso hacia él, sintiendo cómo el mundo se desvanecía a nuestro alrededor.

—Tienes una forma muy persuasiva de proponer las cosas, ¿sabes?

—¿Eso es un sí? —preguntó, con una sonrisa que iluminaba todo su rostro.

—Es un sí.

Y antes de que pudiera decir algo más, me incliné y lo besé.

El frío de la nieve, el aire limpio de la montaña, todo se esfumó. Solo estábamos él y yo, juntos en ese instante perfecto. Cuando nos separamos, apoyó su frente contra la mía y susurró:

—Prometo que haré lo que sea necesario para que esto funcione, Edith.

Lo miré, sabiendo en lo más profundo de mi corazón que esto era lo correcto.

—Y yo prometo que no voy a dejar que pierdas tu esencia en este lugar.

Sonreí, sintiéndome más ligera y feliz de lo que me había sentido en años.

Juntos, nos quedamos allí, en la nieve, mientras el autobús se alejaba por el camino. No tenía idea de lo que el futuro nos depararía, pero por primera vez, no me daba miedo. Estábamos juntos, y eso era todo lo que importaba.

EPÍLOGO

Dieciocho meses después...
EDITH

El sol de primavera ilumina las montañas, derritiendo lentamente los últimos restos de nieve. Estoy en el porche del albergue, con una taza de café en las manos, observando cómo Winter Pines respira una nueva vida. Dieciocho meses. Dieciocho maravillosos meses, caóticos y llenos de amor, desde que Riggs decidió quedarse aquí, conmigo, en las montañas.

—¡Edith! —la voz de Riggs resuena desde el interior, seguida por un golpe sordo—. ¡Maldita sea, este taburete está confabulado contra mí!

Sonrío mientras me doy la vuelta para entrar. Riggs está en la cocina, frotándose la espinilla con expresión de derrota. Su aspecto sigue siendo el de un CEO: camisa perfectamente planchada, vaqueros oscuros impecables... salvo por el pequeño detalle de que lleva un delantal con un dibujo de un oso que dice *"El chef oficial de Winter Pines"*.

—¿Otra pelea con el taburete? —pregunto, riendo mientras dejo mi taza en la barra.

—Ese maldito asiento me odia —se endereza, maldiciendo por enésima vez—. Lo moveré al almacén antes de que me mate.

—Si lo mueves, Martha te matará a ti. Es su taburete favorito.

Riggs se detiene, evaluando sus opciones, y luego suspira dramáticamente.

—Bien, viviré con el riesgo —se acerca a mí con una sonrisa torcida—. Como he vivido contigo.

—¿Y qué clase de riesgo soy yo? —lo miro con fingida indignación, apoyando las manos en las caderas.

—Uno delicioso —se inclina y planta un beso en mi mejilla, luego se aparta justo antes de que pueda atraparlo para algo más.

—Cobarde.

—Realista. Si me quedo aquí demasiado tiempo, el desayuno no se hará solo.

Intento no suspirar como una adolescente enamorada, pero es inútil. Riggs ha pasado de ser un hombre que apenas podía freír un huevo a alguien que insiste en preparar el desayuno para nuestros huéspedes cada mañana. Claro, su cocina deja un desastre digno de un huracán, pero nadie puede resistirse a su encanto... ni a sus tortitas.

—¿Dónde está Martha? —pregunta mientras bate vigorosamente la mezcla.

—En recepción, revisando las reservas de verano. ¿Y Oscar?

—Fuera, revisando las tablas de paddle surf. Dice que quiere asegurarse de que todo esté perfecto.

—¿Perfecto para los huéspedes o para impresionar a esa chica nueva?

Riggs se detiene un momento, pensando.

—Probablemente ambas. Aunque me inclino más por lo segundo.

Nos reímos mientras nos afanamos para poner la mesa en el comedor. Uno de los huéspedes, una escritora que al parecer busca inspiración, pasa junto a nosotros, saludándonos con una sonrisa gigante. Me encanta este lugar. Me encanta que ahora tenga vida, que Riggs y yo lo hayamos convertido en algo más grande juntos, y que cada rincón tenga una historia que contar.

—Por cierto, ¿recibiste los nuevos uniformes? —pregunta Riggs mientras coloca un florero con flores silvestres en el centro de la mesa.

—Sí, están en mi oficina. Y no, no los voy a usar.

—Vamos, Edith. Diseñé esos uniformes para ti.

—¿Diseñaste? ¿Así llamas a elegir un polo gris con nuestro logo bordado?

—Tiene mi toque especial —Riggs se apoya en la mesa y me lanza esa mirada traviesa que siempre me desarma—. Además, creo que estarías adorable con él.

—Prefiero mi sudadera —Le guiño un ojo y cojo una jarra de café.

Los huéspedes empiezan a entrar en el comedor, comentando sobre el delicioso aroma del desayuno.

Riggs y yo trabajamos juntos como un equipo bien afinado, algo que nunca pensé que sería posible cuando lo conocí. Entre bromas y risas, atendemos a todos, asegurándonos de que cada persona se sienta especial.

Cuando el último huésped termina de desayunar y el comedor se queda vacío, Riggs se sienta en una de las sillas, suspirando con satisfacción.

—Esto es mejor que cualquier reunión en un rascacielos, ¿sabes? —dice, mirándome mientras limpio la barra.

—¿Incluso con el taburete asesino acechando?

—Sí.

Me acerco a él, quitándome el delantal y sentándome a su lado.

—Nunca pensé que alguien como tú elegiría esto.

—¿Alguien como yo?

—Ya sabes... un CEO. El tipo de persona que vive para los aviones privados y los trajes caros.

Riggs sonríe, tomando mi mano.

—¿Sabes lo que nunca pensé yo? Que un lugar como este podría convertirse en mi hogar. O que una mujer como tú podría hacer que quisiera quedarme aquí.

El calor sube por mis mejillas, como siempre que Riggs dice algo así. Nunca pierde esa habilidad para hacerme sentir como si fuera lo mejor que le ha pasado en la vida.

—Tengo una idea —dice, con esa chispa en los ojos que significa problemas... o aventuras—. Hoy nos tomamos un descanso. Tú y yo. Dejamos que Martha y Oscar se ocupen del albergue y salimos a explorar un poco.

—¿Explorar? —alzo una ceja—. ¿Y qué tienes en mente?

—Hay un lago a media hora de aquí. Lo vi en el mapa.

—¿El lago que todavía está parcialmente congelado?

—Exacto.

—Riggs, si me haces caminar hasta ese lago y resulta ser un desastre, tú cargas con mi equipo de invierno de vuelta.

Él ríe, levantándose y tirando de mi mano para que lo siga.

—Trato hecho.

No sé cómo, pero cada día con Riggs es una mezcla de risas, aventuras y amor. Y aunque nuestro camino juntos no comenzó de la forma más convencional, sé que nunca querría estar en ningún otro lugar.

Mientras subimos a buscar nuestros abrigos, Riggs me detiene un momento en las escaleras, inclinándose hacia mí.

—Gracias por todo esto, Edith. Por ti. Por este lugar.

—Gracias a ti, Riggs. Por quedarte.

Nos besamos ahí mismo, en las escaleras del albergue que ahora compartimos. Y por primera vez, me doy cuenta de que mi vida nunca ha sido tan perfecta como lo es ahora.

Winter Pines es más que un albergue; es el lugar donde encontré mi hogar. Con Riggs, con nuestro proyecto, y con todo lo que el futuro nos regale.

Milton Keynes UK
Ingram Content Group UK Ltd.
UKHW042031031224
452078UK00001B/33